La cosquilla

Texto de Eduardo Robles Boza (Tío Patota)
Ilustraciones de Gloria Calderas Lim

Editorial TRILLAS

México, Argentina, España
Colombia, Puerto Rico, Venezuela

Para Erika no había nada más divertido en el mundo que las cosquillas de su abuelo. Cuando regresaba de la escuela, después de comer y hacer la tarea, se reunía con él en su sillón de cuero. Casi siempre lo encontraba dormido en plena siesta, aunque no tardaba en despertar al oír la voz de su nieta:

—Abuelito. . . ya llegué. ¡A que no me haces cosquillas!

Poniendo cara de traviesa, la chiquilla provocaba al viejo, al que le encantaba jugar. Era realmente un abuelo simpático, muy especial, porque a pesar de sus años siempre tenía ánimo para complacerla. Cuando no le hacía cosquillas, que era su especialidad, le contaba un cuento o le enseñaba un truco de magia. Tenía la paciencia de los viejos, por eso sabía explicar muy bien las cosas.

2

—¿Y en dónde guardas las cosquillas?

—En mis bolsillos.

Y de inmediato sacaba una y se ponían a jugar. Eso significaba que Erika acabaría en el suelo muerta de risa y revolcándose como una culebra. ¿Y el abuelo? ¡Ah!, pues él, como de costumbre, persiguiéndola.

A pesar de que le pesaban los años, y también la barriga, sabía correr detrás de su nieta hasta alcanzarla. De vez en cuando rompían un jarrón o tiraban la lámpara de la mesa, y los dos tenían que esconderse para que no los descubriera mamá. . . ¡Qué par!

—No sé cómo lo hace, pero siempre le alcanzan para

mí. Nunca se le acaban. Yo creo que debe tener muchas —le comentaba a sus amigas del colegio.

—¿Y de dónde salen, Erika?

—Él dice que de sus bolsillos, pero yo creo que me oculta algo, porque debe tener muchas más en el armario de su cuarto, bajo llave. Lo voy a investigar.

Sus compañeras de clase estaban intrigadas: "¿Un abuelo que guarda cosquillas, como nosotras coleccionamos estampas? ¡Qué bárbaro!", solía decir Alejandra, la más pequeña del grupo.

—Deben ser muy buenas.

—¡Y muy grandes!

Ése era el tema en la escuela. En el fondo, todas sus

amigas querían probarlas y no tardaron en conseguirlo: en
una fiesta de Erika, el abuelo repartió cosquillas como

regalo, y aquellos que decían que no les causaban risa,
acabaron rodando por el piso a carcajadas.

Era así como todas las tardes, el travieso abuelo esperaba a su nieta en su rincón. Su cómodo sillón, acolchonado, era el centro de su vida en los últimos años. Desde ahí podía ver por la ventana la llegada de su nieta. En ese momento dejaba de leer, ponía sus anteojos en la mesita y esperaba, paciente, a que entrara por la puerta para regalarle un beso:

—¡Hola, abuelo! ¿Cómo estás?

También lo hacía su nieto, Eduardo, un gordinflón de 4 años, futbolista, que siempre lo saludaba con una frase:

—¡Qué tal, abuelo! Hoy metí tres goles. . . ¡Y tengo un hambre!

Erika, en cambio, menos entusiasta de la sopa y las verduras, se alimentaba de otras cosas: de sueños. Quería ser escritora y bailarina; Eduardito, bombero. Pero como los dos tenían que comer, al cabo de unos minutos estaban en la mesa.

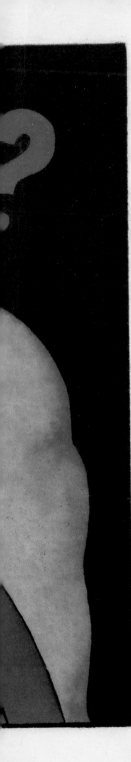

Pasó el tiempo. Erika cumplió 8 años y el abuelo quién sabe cuántos, pero los dos seguían compartiendo sus ratos. Una tarde, que por cierto llovía, buscó la nieta el sillón de sus juegos y ahí encontró al abuelo roncando:

—Abuelo, despierta, que ya es la hora. . .

—¿Eh. . ., qué pasa?

—Que ya estoy aquí, contigo.

Pero esa tarde el viejo estaba más cansado. Se encontraba pachucho, y por más que quiso reaccionar a las caricias de su nieta, no lo consiguió.

—Hoy no hay cosquillas, ¿sabes? Se están acabando. . .

Y al terminar de decirlo, se quedó dormido de nuevo.

13

Confundida, sin entender muy bien lo que estaba pasando, Erika se retiró del cuarto, cerró la puerta con cuidado para no despertarlo y se metió en sus pensamientos, a solas:

—Se están acabando. . . Yo no sabía eso. Pero está claro, no pueden durar toda la vida. A lo mejor están muy caras y nadie las compra. . . No sé, quién sabe.

Por la noche, Erika no pudo dormir. Le preocupaban muchas cosas: el abuelo, sus cosquillas y también Matilde, una amiga de la escuela, muy seria:

—No se ríe de nada. A ella sí que le hacen falta. . . ¡Mira que si se acaban!

Buscó debajo de la cama para ver si de casualidad encontraba alguna, pero sólo encontró zapatos y pantuflas.

—Yo sé que las cosquillas no se ven, me lo dijo mi abuelo, pero se sienten, y aquí no hay ninguna.

Abandonó su cama y se dirigió al dormitorio del viejo, entró de puntitas, abrió el armario de madera que descansaba en la pared desde hacía muchos años y buscó entre los recuerdos que ahí guardaba, metiendo la mano:

—Aquí tampoco. . .

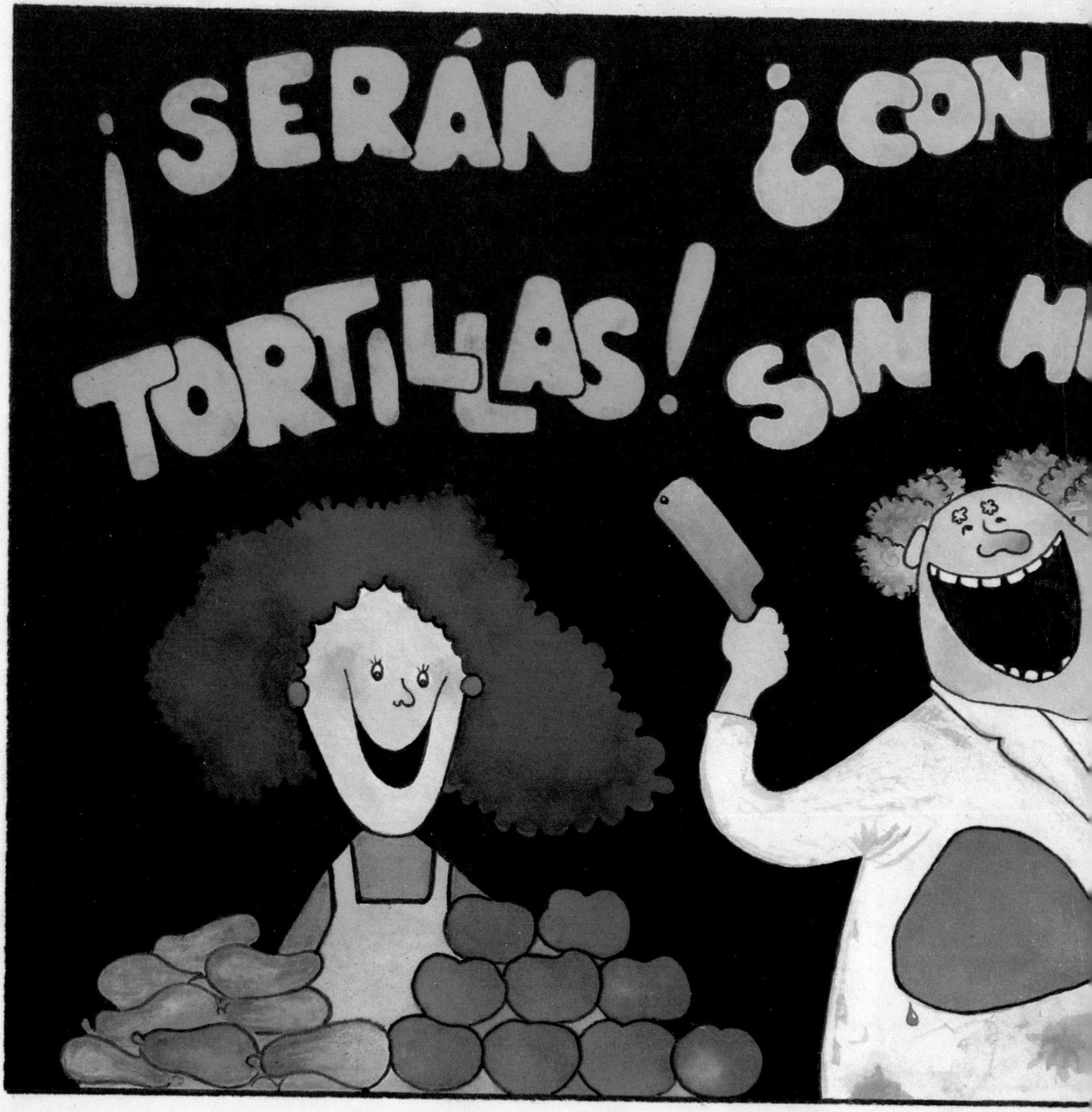
¡SERÁN TORTILLAS!
¿CON
SIN

Al día siguiente, al regresar del colegio, pidió permiso a mamá para ir al mercado:

—Voy por un encargo, después te explico.

—Pero no tardes, muchacha, que la sopa se enfría.

A la vuelta de la esquina se tendía todos los días un mercado ambulante. Ahí estaba Jacinta, la verdulera, y el enojón de Melquiades, el carnicero. A todos los conocía y eran buenos, por eso no dudó en preguntarles:

—¿No tendrá usted un kilo de cosquillas que me venda, doña Jacinta?

Y aquella buena señora, sorprendida, no tuvo empacho en contestarle:

—Serán tortillas, niña, y no las vendo. Si quieres coliflores o espinacas, sí que tengo y muy baratas. ¿Qué te pongo?

—Nada.

Sin perder la esperanza de encontrarlas, se dirigió al carnicero, decidida:

—No se vaya a enojar don Melquiades, pero busco cosquillas. ¿Me vende unas?

Encontró de buenas al tendero, porque le hizo gracia la propuesta:

—¿Las quieres con hueso o sin hueso? ¡Qué ocurrencias las tuyas, muchacha!

DE LO QUE TE PERDIDO, SANCOCHO

No insistió más y regresó a casa.

—El abuelo tiene razón: están escasas.

Ya en la mesa, intentó probar bocado, a duras penas,

18

mientras veía a Sancocho, su perro, que no entendía las cosquillas porque no sabía reír. "De lo que te has perdido, Sancocho", le decía con la mirada un poco triste.

De pronto, todos los presentes soltaron una carcajada, y fue tan estruendosa que hasta el perro brincó del susto.

—¿Qué sucede, de qué se ríen?

Mamá y papá se tronchaban de risa al ver al tragón de Eduardito comerse una albóndiga entera. Por lo visto era un espectáculo observarlo comer con tanto apetito. Al introducirse la albóndiga a la boca, se le inflaban los cachetes de tal manera que provocaba la risa de todos.

—A ver, Eduardito, vuelve a hacerlo —le propuso Erika, intrigada.

Y el futbolista, hambriento, repitió la operación a petición de su hermana: pinchó con el tenedor otra albóndiga y a la boca fue a parar. Sus cachetes, en efecto, se le hincharon y el primero en reírse fue él, que disfrutaba tanto la albóndiga como el verse la cara inflada frente al espejo.

¡ABUELO A
AL FIN HE DE
DÓNDE NACEN

Al comprobarlo, Erika dio un salto tan alto que casi tira la silla y llega al techo. Lo que acababa de ver era un descubrimiento tan importante que ameritaba que abandonara la mesa sin permiso y saliera corriendo —casi volando— rumbo al cuarto del abuelo:

—¡Abuelo, abuelo, despierta, te tengo una noticia!

—¿Qué pasa ahora?

—Que ya no tienes de qué preocuparte y puedes estar contento, como quiero verte siempre. . .

—¿Qué ha ocurrido, Erika?

—¡Al fin he descubierto dónde nacen las cosquillas, abuelo!

24

−¿Cómo dices?

−¡Sí, que ya sé de dónde vienen!

A esas alturas del diálogo, el abuelo había perdido el sueño y empezaba a animarse de nuevo:

−¿Estás segura de tu hallazgo, muchacha?

−Tan segura como que te estoy viendo.

El viejo, realmente animado como en sus mejores tiempos, esbozó una ligera sonrisa de travieso y preguntó al fin:

−¿Y dónde nacen?

−¡En las albóndigas, lo he visto!

Aquella leve sonrisa del abuelo se convirtió en carcajada y no resistió la tentación de comprobarlo:

−Pues si tú lo dices, será. Llévame contigo, hay que verificarlo.

−¡Son muchas, abuelo, como mil!

Ayudado por su nieta se desprendió del sillón apoltronado y juntos se dirigieron al viejo armario, de donde sacaron dos bolsas de papel, muy grandes.

−Las vamos a necesitar, Erika, si tú dices que son tantas.

Y al llegar a la mesa y oír las carcajadas, confirmaron que eran las cosquillas las que provocaban la risa de esa casa: al morder Eduardito cada albóndiga, miles de cosquillas se escapaban de su boca. . . ¡Ahí estaban, aunque nadie las viera!

Sin pensarlo dos veces, abuelo y nieta las cazaron.
Capturaban una aquí y otra allá, volaban por los aires y
eran atrapadas con la mano. Así llenaron de cosquillas
diversas, de todos los tamaños, las dos bolsas.

—¡Para que siempre tengamos, abuelo! —exclamó Erika,
entusiasmada.

Nunca más faltaron las cosquillas y el abuelo las reparte
con agrado. No deja de tener una que otra en el bolsillo,

por si se requiere. Pero si alguna tarde vuelven sus achaques y se siente pachucho, la nieta se apresura a sacar una de repuesto del armario:

—Al fin que tenemos muchas, abuelo, ¿de qué te preocupas?

A Matilde le regaló varias el otro día:

—A ver si cambias de cara, muchacha. . .

Pero a Sancocho no le gustan; prefiere las croquetas.

¿Y Eduardo? ¡Ése tiene de sobra! Como también abundan
en el cuarto, en ese rinconcito preferido del abuelo donde
está su sillón, su libro y su ventana, desde donde puede

ver llegar a la nieta del colegio. Cuando eso ocurre, se prepara, deja los anteojos en la mesa y la espera:

—Te voy a contar un cuento de misterio. . .

Y lo que empieza así, como una historia seria, acaba por lo general a carcajadas: un florero se rompe, se cae la lámpara, y corretea a la nieta por la casa. Le sobran las cosquillas. . . y la vida.